國立臺灣師範大學國語教學中心 策劃
Mandarin Training Center National Taiwan Normal University

1-1

當代中文課程

A Course in Contemporary Chinese

作業本與漢字練習簿
Workbook
+
Character Workbook

主編 · 王佩卿
編寫教師 · 王佩卿、陳慶華、黃桂英

主編／鄧守信 Shou-hsin Teng, PhD
Professor of Chinese Linguistics
- University of Massachusetts, Amherst, Mass., USA (retired)
- National Taiwan University, Taipei, Taiwan (retired)
- Maa Fa Luang University, Chiang Rai, Thailand
- Dept. of Chinese as a Second Language, Chungyuan Christian University, Chungli, Taiwan (current)

The Mandarin Training Center (MTC) at NTNU

The Mandarin Training Center (MTC) is a subsidiary of National Taiwan Normal University (NTNU) and was founded in the autumn of 1956 for teaching Chinese as a second language. Currently, the MTC is the largest and the most renowned Chinese language center, with around 1,700 students from more than 70 countries enrolled each academic quarter (three months).

國立臺灣師範大學國語教學中心

國立臺灣師範大學國語教學中心成立於一九五六年秋季，附屬於國立臺灣師範大學，是一個語文訓練中心。目前每學季（三個月）約有一千七百個學員，來自世界各地七十多個國家，是臺灣歷史最悠久、規模最大的華語文教學中心。

作者簡介

當代中文課程

A Course in
Contemporary
Chinese

編寫教師・王佩卿、陳慶華、黃桂英

主編・鄧守信

Workbook

+

Character Workbook

作業本與漢字練習簿

1-1

國立臺灣師範大學國語教學中心 策劃

Mandarin Training Center National Taiwan Normal University

目錄 Contents

LESSON **1**

歡迎你來臺灣！

Welcome to Taiwan!

I. Differentiating Tones

Listen to the recording and place the correct tone marks over the pinyin.

🎧 01-01

1. 客氣 (＼) k**e**qì	2. 歡迎 ( ) huān**ying**	3. 烏龍茶 ( ) **Wu** lóng chá	4. 好喝 ( ) hǎo**he**
5. 喜歡 ( ) **xi** huān	6. 臺灣 ( ) **Tai** wān	7. 美國 ( ) Měi**guo**	8. 日本 ( ) **Ri** běn
9. 咖啡 ( ) k**a** fēi	10. 先生 ( ) **xian** shēng		

II. Listen and Respond: I Know This Person

A. Listen to what is said about Miss Chen and choose the correct answer to each question below. 🎧 01-02

(   ) 1. a. 咖啡   b. 茶

(   ) 2. a. 是   b. 不是

(   ) 3. a. 是   b. 不是

B. I would like to know more about Mr. Lee and Miss Wang. Please write the appropriate numbers in the parentheses below. 🎧 01-03

> a. 李先生　　b. 王小姐　　c. 美國人　　d. 日本人

1. (　　　) 喜歡喝咖啡。　　　2. (　　　) 喜歡喝茶。

3. 李先生是 (　　　)。　　　4. 王小姐是 (　　　)。

C. Listen to the dialogue. Place a ◯ if the statement is true or an ✕ if the statement is false. 🎧 01-04

(　　　) 1. 李小姐是臺灣人。

(　　　) 2. 李小姐叫美美。

(　　　) 3. 陳先生叫開文。

(　　　) 4. 李小姐接陳先生。

III. Create Dialogue Pairs

A. Match the sentences in the column on the left with the appropriate sentences from the column on the right.

(　　　) 1. 你是不是臺灣人？　　　(A) 不客氣。

(　　　) 2. 歡迎你來。　　　　　(B) 他姓李。

(　　　) 3. 謝謝。　　　　　　　(C) 謝謝。

(　　　) 4. 他姓什麼？　　　　　(D) 不要，謝謝。

(　　　) 5. 你好！　　　　　　　(E) 茶。

（　　） 6. 你要不要喝茶？　　　　　　(F) 不喜歡喝。

（　　） 7. 這是什麼？　　　　　　　　(G) 我不是，你呢？

（　　） 8. 我們喜歡喝咖啡，你們呢？　(H) 你好！

B. Complete the greetings and replies based on the information provided.

> **a.** 謝謝！　　　　**b.** 你是哪國人？　　　**c.** 你好！　　　　**d.** 不客氣。

1.

2.

3.

4.

Ⅳ. Reading Comprehension

A. Introduce yourself and your friends.
Read the paragraph and answer the questions below.

　　我姓王，叫美月。我是美國人。我很喜歡喝咖啡。美國咖啡很好喝。他姓李，叫開文。他是臺灣人，他很喜歡喝茶。臺灣茶很好喝。我們喜歡臺灣。

	叫什麼	哪國人	喜歡喝什麼	什麼好喝
王小姐				
李先生				

B. Look at the name card below and complete the dialogue.

a. 主　　b. 主編　　c. 鄧　　d. 守信　　e. 鄧守信

國立臺灣師範大學
國語教學中心

鄧守信　主編

10610 臺北市和平東路一段 129 號
Tel: +886-2-7734-5146
Mail: mtcbook613@gmail.com
http://online.mtc.ntnu.edu.tw/

1. 他姓什麼？　　　　他姓＿＿＿＿＿＿＿＿＿＿。

2. 他叫什麼？　　　　他叫＿＿＿＿＿＿＿＿＿＿。

第
一
課

V. Practicing the "A-not-A" Pattern ////

Write out the questions using the "A-not-A" pattern and give a negative answer to each.

	A-not-A	Answer
Example：我喝茶。	你喝不喝茶？	我不喝茶。
1. 他是美國人。		
2. 臺灣人喜歡喝茶。		
3. 這是烏龍茶。		
4. 他要喝咖啡。		

VI. Rearrange the Characters Below to Make Good Sentences ////

1. 日本人　　不是　　你　　是　　請問
　　①　　　　②　　　③　　④　　⑤　　　＿＿＿＿＿＿＿＿＿＿？

2. 好喝　　烏龍茶　　很
　　①　　　②　　　③　　　　　　　　　　＿＿＿＿＿＿＿＿＿＿。

3. 我　　喝　　喜歡　　咖啡　　很
　　①　　②　　③　　　④　　　⑤　　　　＿＿＿＿＿＿＿＿＿＿。

4. 是　　美國人　　嗎　　陳先生　　不
　　①　　　②　　　③　　　④　　　⑤　　　＿＿＿＿＿＿＿＿＿＿＿？

5. 你　　臺灣　　來　　歡迎
　　①　　②　　③　　④　　　＿＿＿＿＿＿＿＿＿＿＿。

VII. Write Out in Chinese Characters

Listen to the recording and write out the sentences below in Chinese characters. 🎧 01-05

1. Qǐngwèn tā shì Chén Xiānshēng ma?

　　＿＿＿＿＿＿＿＿＿＿＿＿＿＿＿＿＿＿＿＿？

2. Xièxie nǐ lái jiē wǒmen.

　　＿＿＿＿＿＿＿＿＿＿＿＿＿＿＿＿＿＿＿＿。

3. Zhè shì Wáng Xiānshēng.

　　＿＿＿＿＿＿＿＿＿＿＿＿＿＿＿＿＿＿＿＿。

4. Wǒ xǐhuān hē chá, nǐ ne?

　　＿＿＿＿＿＿＿＿＿＿＿＿＿＿＿＿＿＿＿＿？

5. Huānyíng nǐmen lái Táiwān.

　　＿＿＿＿＿＿＿＿＿＿＿＿＿＿＿＿＿＿＿＿。

VIII. Sentence Completion \\\\

Complete the sentences below to introduce yourself.

你們好。我姓_____，叫_____。

我是_____人。我喜歡喝_____，不喜歡喝

_____。我很喜歡你們。

漢字練習簿 | 體例說明

正體字　簡體字　部首　扣除部首的筆劃　總筆劃　字體演變

筆順

描紅　虛線描字

注音　拼音

字頻排序（數字越小頻率越高）

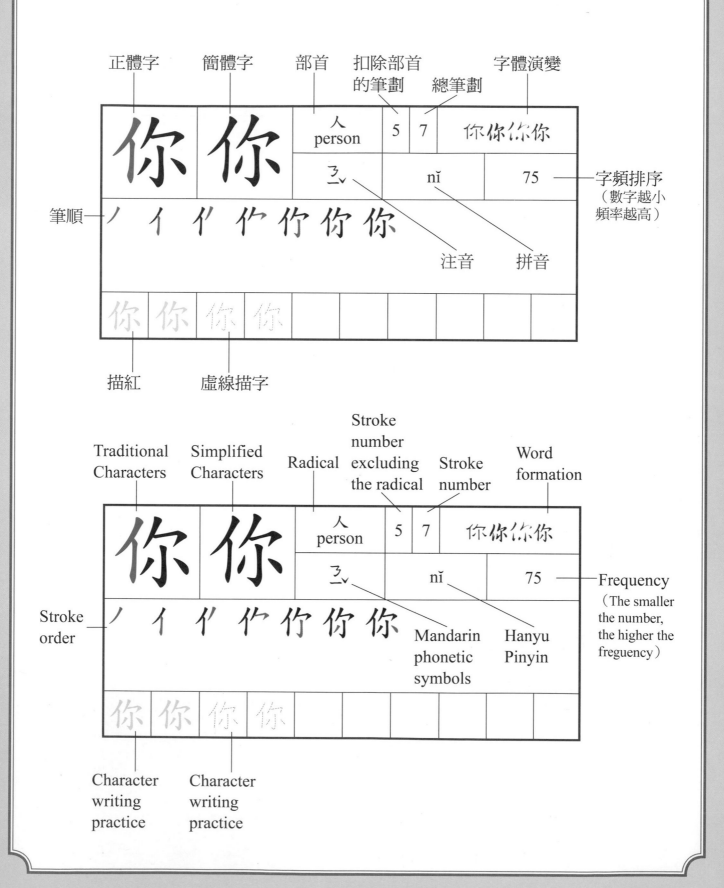

Traditional Characters　Simplified Characters　Radical　Stroke number excluding the radical　Stroke number　Word formation

Stroke order

Mandarin phonetic symbols　Hanyu Pinyin

Frequency (The smaller the number, the higher the freguency)

Character writing practice　Character writing practice

第
一
課

| 陳 陈 | 阜 plenty | 8 | 11 | 陳 陳 陳 陳 陳 陳 |
| | ㄔㄣˊ | | chén | 898 |

、 了 阝 阝 阝 阡 阡 阡 陌 陳 陳
陳

陳　陳　陳　陳

| 月 月 | 月 moon | 0 | 4 | ◗ ☽ ◖ 月 月 月 月 |
| | ㄩㄝˋ | | yuè | 297 |

ノ 刀 月 月

月　月　月　月

| 美 美 | 羊 sheep | 3 | 9 | 美 美 美 美 美 美 美 |
| | ㄇㄟˇ | | měi | 106 |

、 ゛ ソ 丷 兰 羊 羊 美 美

美　美　美　美

李李		木 tree	3	7	李 李 李 李 李 李
		ㄌ一ˇ		lǐ	612

一 十 才 木 杢 李 李

李	李	李	李					

明明		日 sun	4	8	明 日 明 明 明 明
		ㄇ一ㄥˊ		míng	110

丨 冂 月 日 明 明 明 明

明	明	明	明					

華华		艸 grass	8	12	華 華 華 華 華 華
		ㄏㄨㄚˊ		huá	405

丶 十 卄 艹 芒 苎 苹 苹 苹 華

華 華

華	華	華	華					

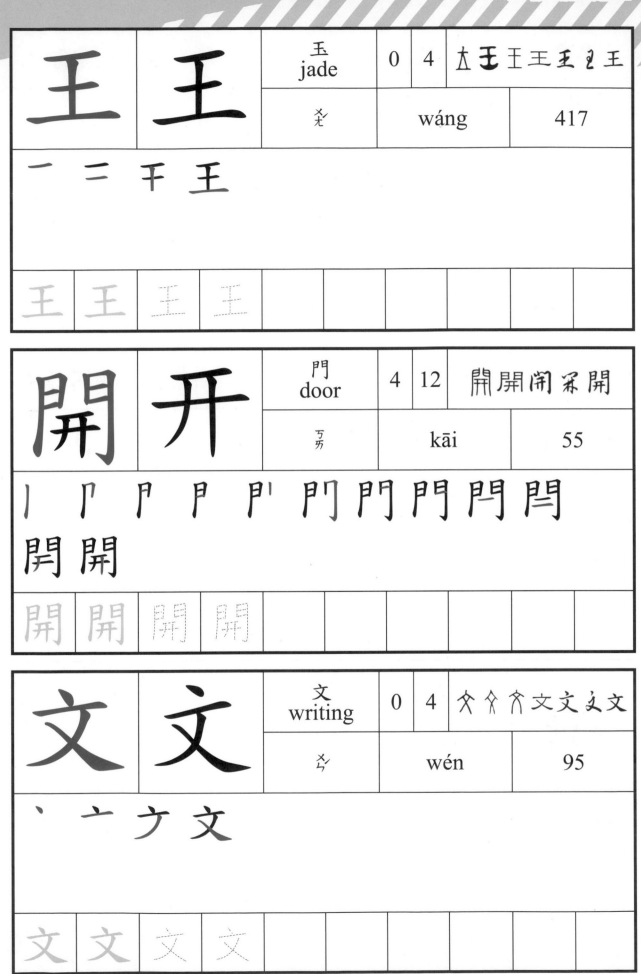

王 王	玉 jade	0	4	大王 王 王 王 王 王
	ㄨㄤˊ		wáng	417

一 二 干 王

王	王	王	王						

開 开	門 door	4	12	開 開 開 𥥛 開
	ㄎㄞ		kāi	55

丨 𠂆 𠃌 𠃌 𠃌 門 門 門 門 門
開 開

開	開	開	開						

文 文	文 writing	0	4	𡥀 𡥀 𠀤 文 文 文 文
	ㄨㄣˊ		wén	95

丶 亠 ナ 文

文	文	文	文						

你你		人 person	5	7	你你你你
		ㄋㄧˇ		nǐ	75

ノ 亻 亻 你 你 你 你

你	你	你	你						

來来		人 person	6	8	來来來来来来
		ㄌㄞˊ		lái	11

一 十 才 才 才 來 來 來 來

來	來	來	來						

是是		日 sun	5	9	是是是是是是
		ㄕ		shì	5

丶 丨 冂 日 日 旦 早 早 昰 是

是	是	是	是						

小 小		小 small	0	3	小 小 小 小 小 小
		ㄒㄠˇ		xiǎo	20

ﾉ 小 小

小 小 小 小

姐 姐		女 female	5	8	姐 姐 姐 姐 姐
		ㄐㄧㄝˇ		jiě	940

ㄑ 女 女 如 姐 姐 姐 姐

姐 姐 姐 姐

媽 媽		口 mouth	10	13	媽 媽 媽 媽
		ㄇㄚ˙		ma	626

ㄧ 口 口 口 叮 叮 叮 咡 媽 媽

媽 媽 媽

媽 媽 媽 媽

接接			手 hand	8	11	懷接接揣接
			ㄐㄧㄝ		jiē		247

一 十 扌 扌 扩 扩 护 护 护 接 接

接

接	接	接	接			

我我			戈 spear	3	7	扗找我我我禾我
			ㄨㄛ		wǒ		4

一 二 千 手 扰 我 我

我	我	我	我			

們们			人 person	8	10	們们们們
			ㄇㄣ		men		15

丿 亻 亻 们 们 们 們 們 們

們	們	們	們			

這这		辵 stop&go	7	11	這這这這
		ㄓㄜˋ	zhè		27

、 亠 二 三 言 言 言 言 言 这 这

這

這	這	這	這						

先先		儿 person	4	6	先 先 先 先 先 先 先
		ㄒㄧㄢ	xiān		250

ノ 午 生 生 先 先 先

先	先	先	先						

生生		生 produce	0	5	生 生 生 生 生 生 生
		ㄕㄥ	shēng		12

ノ 仁 牛 生 生

生	生	生	生						

好 好		女 female	3	6	好好好好好好
		ㄏㄠˇ		hǎo	54
く ㄑ 女 好 妤 好					
好 好 好 好					

姓 姓		女 female	5	8	姓姓姓姓姓姓
		ㄒㄧㄥˋ		xìng	1555
く ㄑ 女 女 妒 妒 姓 姓					
姓 姓 姓 姓					

叫 叫		口 mouth	2	5	叫叫叫叫
		ㄐㄧㄠˋ		jiào	463
㇕ 口 口 叫 叫					
叫 叫 叫 叫					

第一課

臺	台	至 reach	8	14	臺臺臺臺臺
		ㄊㄞ	tái		47

一 十 士 吉 吉 吉 吉 壴 壴 臺

臺 臺 臺 臺

臺	臺	臺	臺					

灣	湾	水 water	22	25	灣灣灣灣
		ㄨㄢ	wān		143

丶 氵 氵 氵 氵 氵 氵 氵 氵 氵

氵 氵 氵 氵 氵 氵 氵 氵 氵 氵

氵 氵 氵 灣 灣

灣	灣	灣	灣					

歡	欢	欠 owe	18	22	歡 歡 歡 歡 歡
		ㄏㄨㄢ		huān	329

丶 一 十 艹 艹 艹 艹 艹 茁 茁

茁 茾 茾 莥 莥 萑 萑 雚 雚 雚

歡 歡

歡	歡	歡	歡						

迎	迎	辵 stop&go	4	8	迎 迎 迎 迎 迎
		ㄥˊ		yíng	882

丶 ㄈ 白 卬 ㄕ 迎 迎 迎

迎	迎	迎	迎						

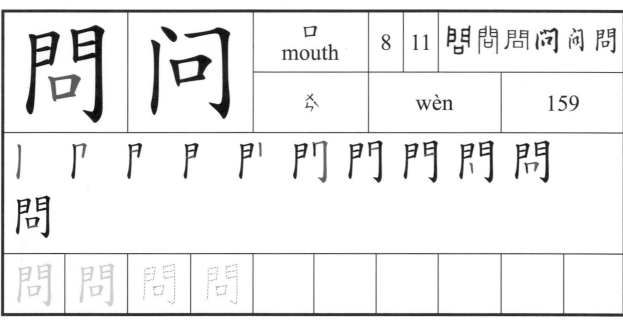

言 speech	8	15	請請請請請
ㄑㄧㄥˇ		qǐng	607

` 、 二 三 言 言 言 言 言 詰

詰 詰 請 請 請

| 請 | 請 | 請 | 請 | | | | | |

口 mouth	8	11	問問問问问問
ㄨㄣˋ		wèn	159

丨 冂 冂 門 門 門 門 門 問 問

問

| 問 | 問 | 問 | 問 | | | | | |

白 white	3	8	的的的的
ㄉㄜ˙		de	1

' 白 白 白 白 的 的

| 的 | 的 | 的 | 的 | | | | | |

謝	谢	言 speech	10	17	謝 謝 謝 謝
		ㄒㄧㄝ		xiè		628

、 ﹑ 亠 言 言 言 言 言 訁 訁 訁

訁 訁 訠 謝 謝 謝 謝

| 謝 | 謝 | 謝 | 謝 | | | | | | |

不	不	一 one	3	4	不 不 不 不 不 不
		ㄅㄨ		bù		2

一 丆 丆 不

| 不 | 不 | 不 | 不 | | | | | | |

客	客	宀 roof	6	9	客 客 客 客 客
		ㄎㄜ		kè		402

、 ﹑ 宀 宀 穸 宓 宓 客 客

| 客 | 客 | 客 | 客 | | | | | | |

氣 气		气 air	6	10	氣氣氣氣氣
		ㄑㄧ		qì		111

ノ ノ ヒ 气 气 气 気 氙 氣 氣

| 氣 | 氣 | 氣 | 氣 | | | | |

喝 喝		口 mouth	9	12	喝喝喝喝喝
		ㄏㄜ		hē		1047

丨 丨 口 口 叮 叩 听 呵 呵 喝

喝 喝

| 喝 | 喝 | 喝 | 喝 | | | | |

茶 茶		艸 grass	6	10	茶茶茶茶
		ㄔㄚ		chá		973

丶 十 十 艹 艹 芕 苾 苯 茶 茶

| 茶 | 茶 | 茶 | 茶 | | | | |

很 很		彳 to pace	6	9	很 很 很 很 很
		ㄏㄣˇ		hěn	199

丿 ㄥ 彳 行 行 彳 很 很 很

很	很	很	很						

什 什		人 person	2	4	什 什 什 什 什
		ㄕㄣˊ		shén	140

丿 亻 仁 什

什	什	什	什						

麼 么		麻 hemp	3	14	麼 麼 麼 麼 麼
		ㄇ ㄜ		me	48

丶 亠 广 广 庁 庁 床 床 麻 麻
麻 麼 麼 麼

麼	麼	麼	麼						

第一課

人	人	人 person	0	2	㇀ ㇀ ㇀ 尺 人 人 人 人		
		ㄖㄣˊ			rén		6
ノ 人							
人	人	人	人				

喜	喜	口 mouth	9	12	喆 喜 喜 喜 喜 喜 喜		
		ㄒㄧˇ			xǐ		319
一 十 士 吉 吉 吉 吉 吉 壴 喜							
喜 喜							
喜	喜	喜	喜				

呢	呢	口 mouth	5	8	呢 呢 呢 呢		
		ㄋㄜ			ne		418
丶 丨 口 口 呪 呪 呎 呢 呢							
呢	呢	呢	呢				

他他		人 person	3	5	他他他他
		ㄊㄚ		tā	18

ノ イ 仁 仲 他

他	他	他	他						

哪哪		口 mouth	7	10	哪哪哪哪哪
		ㄋㄚˇ		nǎ	1052

丨 冂 口 叮 叧 吗 呀 哪 哪 哪

哪	哪	哪	哪						

要要		襾 cover	3	9	要要要要
		ㄧㄠˋ		yào	37

一 厂 厂 兀 西 西 西 要 要 要

要	要	要	要						

咖 咖		口 mouth	5	8	咖咖咖咖
		ㄎㄚ		kā	1534

丶 丿 冂 口 叻 叻 咖 咖

咖	咖	咖	咖								

啡 啡		口 mouth	8	11	啡啡啡啡
		ㄈㄟ		fēi	1522

丶 丿 冂 口 叫 叶 唎 唎 啡 啡

啡

啡	啡	啡	啡								

烏 烏		火 fire	6	10	烏烏烏烏烏烏
		ㄨ		wū	1298

丿 丿 忄 忄 户 户 烏 烏 烏 烏 烏

烏	烏	烏	烏								

龍 龙		龍 dragon	0	16	𩖁 𩚬 䶂 龍 龍 𥶫 龍
		ㄌㄨㄥˊ		lóng	596

、 一 亠 六 立 立 产 产 产 育 育

育 育 龍 龍 龍 龍

龍	龍	龍	龍						

日 日		日 sun	0	4	⊖ ⊙ 日 日 日 日 日
		ㄖˋ		rì	93

丨 冂 日 日

日	日	日	日						

本 本		木 tree	1	5	㡀 㡀 本 本 𣎳 本
		ㄅㄣˇ		běn	109

一 十 才 木 本

本	本	本	本						

第一課

| 國 | 国 | 口
enclosure | 8 | 11 |  | | |
| | | ㄍㄨㄛˊ | | guó | | 10 | |

丨 冂 冂 冃 同 同 同 國 國 國

國

| 國 | 國 | 國 | 國 | | | | | | | |

| 對 | 对 | 寸
inch | 11 | 14 | | | |
| | | ㄉㄨㄟˋ | | duì | | 91 | |

丶 丷 业 业 业 业 业 业 业 业

业 业 對 對

| 對 | 對 | 對 | 對 | | | | | | | |

| 起 | 起 | 走
walk | 3 | 10 | | | |
| | | ㄑㄧˇ | | qǐ | | 70 | |

一 十 土 キ キ 走 走 起 起 起

| 起 | 起 | 起 | 起 | | | | | | | |

31

LESSON 2

我的家人

My Family

I.   Differentiating Tones

Listen to the recording and place the correct tone marks over the pinyin.

🎧 02-01

1. 看書 ( ) **kān**shū	2. 漂亮 ( ) piào**liang**	3. 伯母 ( ) bó**mu**	4. 家人 ( ) **jia**rén
5. 您好 ( ) **nin** hǎo	6. 照片 ( ) **zhao**piàn	7. 房子 ( ) **fang**zi	8. 老師 ( ) **lao**shī
9. 兩個 ( ) **liang** ge	10. 姐姐 ( ) **jie**jie		

II.   Listen and Respond: Family Information

A. What does his family like to do? 🎧 02-02

> **a.** 王開文   **b.** 他爸爸   **c.** 他媽媽   **d.** 他哥哥   **e.** 他姐姐

		image	 烏龍茶
a , c			

B. About him. 🎧 02-03

1. (　　) a. 臺灣人　　b. 美國人　　c. 日本人

2. (　　) a. 一張　　b. 兩張　　c. 三張

3. (　　) a. 書　　b. 照片　　c. 房子

4. (　　) a. 是的　　b. 不是

C. Listen to the dialogue. Place a ◯ if the statement is true or an ✕ if the statement is false. 🎧 02-04

1. (　) 他們都姓李。

2. (　) 這不是陳小姐的房子。

3-1. (　) 他們都喜歡看書。

3-2. (　) 他們都不喜歡照相。

4-1. (　) 李小姐的家有三個人。

4-2. (　) 他們都沒有兄弟姐妹。

III. Create Dialogue Pairs ////

Match the sentences in the column on the left with the appropriate sentences from the column on the right.

(　　) 1. 這是誰？　　　　　　　　　(A) 沒有。

(　　) 2. 陳先生的家有幾個人？　　　(B) 不是。

(　　) 3. 請問你要不要喝茶？　　　　(C) 六個。

(　　) 4. 你爸爸媽媽都是日本人嗎？　(D) 不客氣。

（　　）5. 王小姐的爸爸是老師嗎？　　　　(E) 我哥哥。

（　　）6. 你有沒有你家人的照片？　　　　(F) 好，謝謝你。

（　　）7. 李小姐的兄弟姐妹都喜歡看書嗎？(G) 是的，他們都喜歡。

（　　）8. 謝謝你們來接我。　　　　　　　(H) 不是，我媽媽是臺灣人。

IV. Reading Comprehension \\\\\\

Wang Kaiwen introduces his family:

　　你們好，我叫王開文，我、我爸爸都是美國人，我媽媽是臺灣人，我沒有兄弟姐妹。我爸爸媽媽都喜歡喝茶、看書。我家有很多茶，有很多書。我喜歡照相，我家有很多很漂亮的照片。

Look at the statements below. Place a ○ if the statement is true or an ✕ if the statement is false.

（　　）1. 王先生的家有三個人。

（　　）2. 王先生有妹妹。

（　　）3. 王先生的爸爸媽媽都喜歡照相。

（　　）4. 王先生的家有很多照片、書。

V.　Fill in the Blanks

A.　**Fill in the blanks using the words provided.**

> **a.** 個　　**b.** 的　　**c.** 張

1. 王先生_____老師很漂亮。

2. 我有很多好喝_____茶。

3. 李伯母的家有六_____人。

4. 陳小姐有五_____照片。

5. 他有三_____弟弟。

B.　安同 Antong overhears two Chinese people speaking, but he misses some words. Can you help him?

> **a.** 哪　　　**b.** 誰　　　**c.** 幾　　　**d.** 兩　　　**e.** 坐
> **f.** 都　　　**g.** 進　　　**h.** 照片　**i.** 照相　**j.** 好看

A：這是你的 **1.**_____ 嗎？

B：是的！

A：他們都很 **2.**_____ ，他們是 **3.**_____ ？

B：是我家人。我家人很喜歡 **4.**_____ 。

A：你媽媽是 **5.**_____ 國人？

B：我媽媽是美國人，爸爸是日本人。

你家呢？你家有 **6.** _____ 個人？

A：我家有 **7.** _____ 個人，爸爸、我。

VI. Rearrange the Characters Below to Make Good Sentences

1. 很漂亮　　你　　房子　　的
　　①　　　②　　③　　　④
　　　　　　　　　　　　　　　　　　　_____。

2. 都　　他家人　　照相　　不要
　　①　　②　　　③　　　④
　　　　　　　　　　　　　　　　　　　_____。

3. 我們　　姓王　　老師　　都　　的
　　①　　②　　　③　　④　　⑤
　　　　　　　　　　　　　　　　　　　_____。

4. 陳小姐　　個　　哥哥　　兩　　有
　　①　　　②　　③　　④　　⑤
　　　　　　　　　　　　　　　　　　　_____。

VII. Write Out in Chinese Characters

Listen to the recording and write out the sentences below in Chinese characters. 🎧 02-05

1. Tā yǒu liǎng ge gēge.

　　_____。

2. Zhè ge fángzi hěn piàoliàng.

　　_____。

3. Zhè shì bú shì nǐ de shū?

　　_____?

第二課

37

4. Wǒ jiā méi yǒu chá.

   _____ 。

5. Nǐ jiārén dōu bù xǐhuān kànshū.

   _____ 。

VIII. Complete the Dialogue \\\\

1. **A**：謝謝你。

   B：_____ 。

2. **A**：你要不要喝茶？

   B：_____ 。

3. **A**：歡迎歡迎，請進。

   B：_____ 。

4. **A**：_____ ？

   B：我叫陳月美。

5. **A**：_____ ？

   B：我家有七個人。

6. **A**：_____ ？

   B：不是，是我妹妹。

IX. Picture Story

Use the new words below to introduce Miss Wang's family.

王小姐的家人

王小姐

都、喜歡、漂亮、看書、喝茶、照相

第二課

張張		弓 a bow	8	11	張張張張張	
		ㄓㄤ			zhāng	383

フ コ 弓 引 弨 弨 弨 弨 張 張

張

張	張	張	張					

怡怡		心 heart	5	8	怡怡怡怡怡	
		ㄧ			yí	2916

丶 丨 忄 忄 忄 怡 怡 怡

怡	怡	怡	怡					

君君		口 mouth	4	7	君君君君君	
		ㄐㄩㄣ			jūn	1511

フ ㄱ ㄲ 尹 尹 君 君

君	君	君	君					

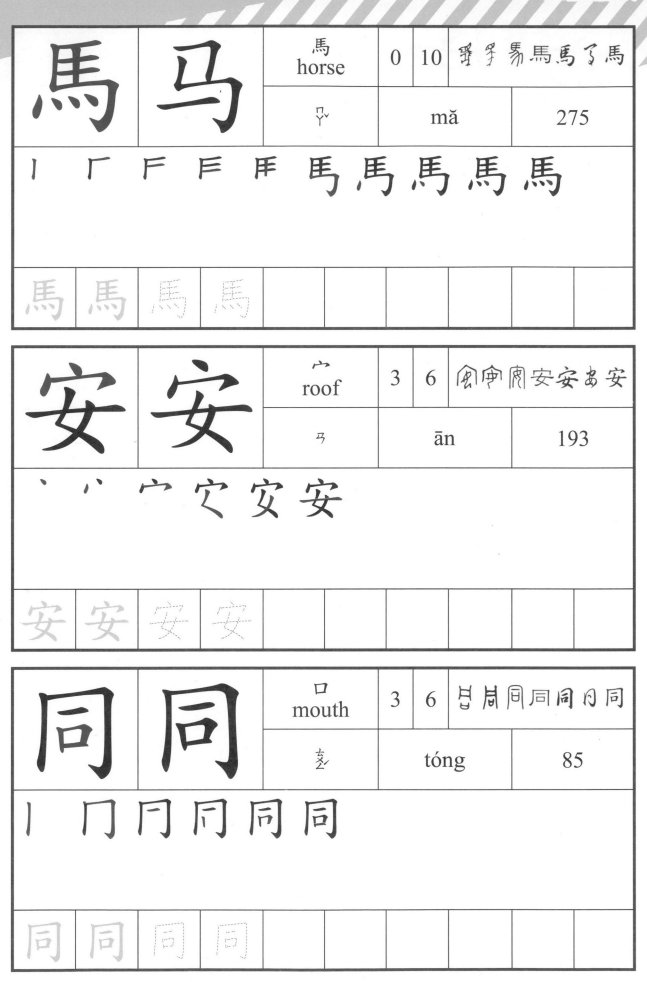

馬马		馬 horse	0	10	蜑 昇 昜 馬 馬 了 馬
		ㄇㄚ		mǎ	275

| 丨 | 厂 | 厂 | 丆 | 丆 | 馬 馬 馬 馬 馬 |

| 馬 | 馬 | 馬 | 馬 | | | | | | |

安安		宀 roof	3	6	安安宮 安安安安
		ㄢ		ān	193

| 丶 | 丶 | 宀 | 宀 | 宊 | 安 安 |

| 安 | 安 | 安 | 安 | | | | | | |

同同		口 mouth	3	6	同 同 同 同 同 月 同
		ㄊㄨㄥ		tóng	85

| 丨 | 冂 | 冂 | 同 | 同 | 同 |

| 同 | 同 | 同 | 同 | | | | | | |

第二課

家	家	宀 roof	7	10	宎 宎 宷 家 家 宝 家
		ㄐㄧㄚ		jiā	30

丶 丶 宀 宁 宁 宁 宇 宇 家 家 家

家	家	家	家						

漂	漂	水 water	11	14	澝 漂 漂 漂 漂
		ㄆㄧㄠ		piào	1364

丶 丶 氵 氵 汀 汀 汧 湮 湮 湮
湮 湮 漂 漂

漂	漂	漂	漂						

亮	亮	亠 a cover	7	9	亮 亮 亮 亮
		ㄌㄧㄤ		liàng	569

丶 丶 亠 亠 亠 古 亨 亨 亮

亮	亮	亮	亮						

房 房		戶 household	4	8	房房房房房
		ㄈㄤˊ		fáng	366

一 厂 厂 戶 戶 戶 戶 房 房

房	房	房	房					

子 子		子 child	0	3	甲 甲 甲 子 子 孓 子
		ㄗ		zi	14

ㄋ 了 子

子	子	子	子					

坐 坐		土 earth	4	7	坐坐坐坐坐
		ㄗㄨㄛˋ		zuò	534

ノ 人 从 从 丛 坐 坐

坐	坐	坐	坐					

有 有			月 moon	2	6	𠕀 𠕀 有 有 㓜 有	
			又		yǒu		7

一 𠂇 𠂇 冇 有 有

有	有	有	有						

多 多			夕 sunset	3	6	㸒 𡖊 多 多 多 多	
			ㄉㄨㄛ		duō		60

丿 ク 夕 夕 多 多

多	多	多	多						

照 照			火 fire	9	13	𤓶 照 照 照 照	
			ㄓㄠ		zhào		438

丨 冂 月 日 日⁷ 日刀 日刀 照 昭 照

照 照 照

照	照	照	照						

片 片		片 a strip	0	4	片片片片片	
		ㄆㄧㄢ			piàn	230
ノ 丿 厂 尸 片						
片	片	片	片			

都 都		邑 city	8	11	都 都 都 考 都	
		ㄉㄡ			dōu	114
一 十 土 耂 耂 者 者 者 者 者 都						
都						
都	都	都	都			

相 相		目 eye	4	9	相 相 相 相 お 相	
		ㄒㄧㄤ			xiàng	125
一 十 十 才 木 机 机 机 相 相						
相	相	相	相			

看看	目 eye	4	9	看看看看看
	ㄎㄢ		kàn	65

一 二 三 手 看 看 看 看 看

看	看	看	看						

誰誰	言 speech	8	15	誰誰誰誰誰誰
	ㄕㄟ		shéi	978

丶 亠 亠 言 言 言 言 訁 訁 訁
訇 訮 誺 誰 誰

誰	誰	誰	誰						

妹妹	女 female	5	8	妹妹妹妹妹妹
	ㄇㄟ		mèi	811

ㄑ 夕 女 女 妌 妹 妹 妹

妹	妹	妹	妹						

爸	爸	父 father	4	8	爸爸爸爸
		ㄅㄚ		bà	197

丶 丷 八 少 父 尒 爷 爸 爸

爸	爸	爸	爸					

媽	妈	女 female	10	13	媽媽媽媽
		ㄇㄚ		mā	135

く 乆 女 女 妒 妒 妒 娾 媽 媽
媽 媽 媽

媽	媽	媽	媽					

進	进	辵 stop&go	8	12	進進進進進進
		ㄐㄧㄣ		jìn	112

丿 丿 亻 亻 忄 忄 作 隹 隹 隹 进
进 進

進	進	進	進					

田 田		田 field	0	5	田田田 田 田 田
		玄			tián	782

丨 冂 闩 用 田

田	田	田	田						

中 中		丨 downstroke	3	4	中 中 中 中 中 中 中
		坐乙			zhōng	16

丨 冂 口 中

中	中	中	中						

誠 誠		言 speech	6	13	誠 誠 誠 誅 誠
		彳乙			chéng	1181

、 一 宀 三 言 言 言 訁 訂 訪

試 試 誠

誠	誠	誠	誠						

一	一		一 one	0	1	一　一　一　一　一
			一		yī	3

一

一　一　一　一

伯	伯		人 person	5	7	阳 伯 伯 伯 伯
			ㄅㄛˊ		bó	868

丿　亻　亻　们　伯　伯

伯　伯　伯　伯

母	母		毋 do not	0	5	甹 甹 甹 母 母 甬 母
			ㄇㄨˇ		mǔ	204

乚　口　口　母　母

母　母　母　母

您 您		心 heart	7	11	您您您您
		ㄋㄧㄣ		nín	1254

ノ イ イ 忄 忭 你 你 你 您 您

您

您	您	您	您				

名 名		口 mouth	3	6	叩名名名名名名
		ㄇㄧㄥ		míng	190

ノ ク ク タ タ 名 名

名	名	名	名				

字 字		子 child	3	6	宇宇字字字字
		ㄗ		zi	338

、 丶 宀 宀 字 字 字

字	字	字	字				

書 书	曰 speak	6	10	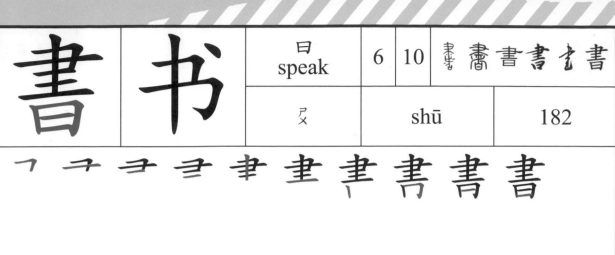
	ㄕㄨ		shū	182

フ ユ ヨ ヨ ヨ 聿 聿 聿 書 書 書

書	書	書	書						

哥 哥	口 mouth	7	10	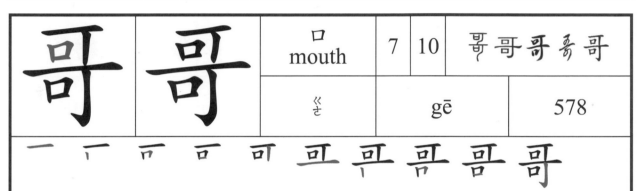
	ㄍㄜ		gē	578

一 一 哥 哥 哥 可 哥 哥 哥 哥

哥	哥	哥	哥						

老 老	老 old	0	6	老 老 老 老 老 老
	ㄌㄠ		lǎo	117

一 十 土 耂 耂 老

老	老	老	老						

師 师		巾 napkin	7	10	師 師 師 師 沙 師		
		ㄕ		shī			184

ˊ ˊ ˊ ˊ ˊ ˊ ˊ ˊ ˊ ˊ ˊ ˊ ˊ ˊ ˊ ˊ ˊ 師

| 師 | 師 | 師 | 師 | | | | | |

幾 几		幺 tiny	9	12	幾 幾 幾 幾 筞 幾		
		ㄐ		jǐ			306

ㄥ ㄥ ㄥ ㄥ ㄥ ㄥ ㄥ ㄥ ㄥ 幾

幾 幾

| 幾 | 幾 | 幾 | 幾 | | | | | |

個 个		人 person	8	10	個 個 個 個		
		ㄍㄜ		ge			41

ノ ノ イ 们 佪 個 個 個 個

| 個 | 個 | 個 | 個 | | | | | |

沒 沒	水 water	4	7	沒沒沒沒沒
	ㄇㄟ	méi		83

、ㆍ氵氵汐沒

沒　沒　沒　沒

兄 兄	儿 person	3	5	兄兄兄兄兄
	ㄒㄩㄥ	xiōng		1323

丶丶ㄇ口尸兄

兄　兄　兄　兄

弟 弟	弓 a bow	4	7	弟弟弟弟弟
	ㄉㄧ	dì		574

丶丶㇀兰兰弟弟

弟　弟　弟　弟

第二課

五 五		二 two	2	4	五 五 五 五 五 五
		ㄨˇ		wǔ	544
一 丁 万 五					
五 五 五 五					

兩 两		入 enter	6	8	兩 两 兩 兩 兩 兩
		ㄌㄧㄤˇ		liǎng	273
一 厂 厅 币 丙 丙 兩 兩					
兩 兩 兩 兩					

LESSON 3

週末做什麼？

What Are You Doing Over the Weekend?

I. **Differentiating Tones**

Listen to the recording and place the correct tone marks over the pinyin.

🎧 03-01

1. 週末 ( ) **zhōu**mò	2. 網球 ( ) **wang**qiú	3. 游泳 ( ) **you**yǒng	4. 喜歡 ( ) xǐ**huan**
5. 好玩 ( ) **hao**wán	6. 電影 ( ) **dian**yǐng	7. 籃球 ( ) lán**qiu**	8. 晚飯 ( ) wǎn**fan**
9. 一起 ( ) yì**qi**	10. 覺得 ( ) **jue**de		

II. **Listen and Respond: What Are They Doing?**

A. Listen to what they like to do and place a √ next to the correct picture.

🎧 03-02

1. ( )

( )

2. ( )

( )

3. ( )    ( )

B. Write 1, 2, 3, 4 under the pictures in the order that you hear them.

 03-03

C. Listen to the questions below and choose an appropriate answer for each.

 03-04

( ) **1. a.** 明天去踢足球。

　　　b. 我常打網球。

　　　c. 我不喜歡游泳。

( ) **2. a.** 我想看電影。

　　　b. 學中文很好玩。

　　　c. 好啊！

( ) **3. a.** 我也要去。

　　　b. 歡迎你來。

　　　c. 我也喜歡。

(　　) 4. **a.** 我不要喝烏龍茶。

　　　　 b. 我想喝烏龍茶。

　　　　 c. 烏龍茶，我覺得很好喝。

(　　) 5. **a.** 我們喝咖啡吧！

　　　　 b. 我們喝咖啡呢！

　　　　 c. 我們喝咖啡嗎？

III.　Create Dialogue Pairs

Match the sentences in the column on the left with the appropriate sentences from the column on the right.

(　　) 1. 他週末常做什麼？　　　　　　(A) 我喜歡游泳。

(　　) 2. 你是日本人，他呢？　　　　　(B) 我們吃臺灣菜吧！

(　　) 3. 臺灣人喜歡喝烏龍茶嗎？　　　(C) 他常去打網球。

(　　) 4. 今天晚上你想看書還是看電影？(D) 好啊，我想學中文。

(　　) 5. 你喜歡做什麼？　　　　　　　(E) 他也是日本人。

(　　) 6. 我想吃越南菜。　　　　　　　(F) 打棒球，我覺得很好玩。

(　　) 7. 我們看臺灣電影吧！　　　　　(G) 看書。

(　　) 8. 你覺得打棒球好玩嗎？　　　　(H) 烏龍茶，臺灣人都喜歡喝。

第三課

IV. Reading Comprehension

Read the paragraph and complete the table below.

　　我家有五個人，爸爸、媽媽、哥哥、妹妹和我。爸爸喜歡運動和照相，他週末常去運動。媽媽很喜歡聽音樂。我家有很多書，都是哥哥的書，他很喜歡看書。妹妹喜歡看電影，也喜歡打網球。我呢？我喜歡游泳和打籃球，我和哥哥週末常常一起去打籃球。

我的家人	喜歡做的事
1. 爸爸	
2. 媽媽	
3. 哥哥	
4. 我	
5. 妹妹	

V. Fill in the Blanks

A. Fill in the blanks with the appropriate character: 都, 吧, 也, 也都, or 去 to complete the dialogue.

1. **A：**你是日本人，他呢？

   B：他＿＿＿＿＿＿是日本人。

2. **A：**你們喜歡打籃球嗎？

   B：我們＿＿＿＿＿＿很喜歡打籃球。

3. **A：**明天我們去打棒球，好不好？

   B：我們去打網球＿＿＿＿＿＿。

4. **A：**我喜歡吃臺灣菜和越南菜。

   B：臺灣菜、越南菜，我＿＿＿＿＿＿喜歡吃。

5. **A**：週末你常做什麼？

   B：我常＿＿＿＿＿＿＿看電影。

VI.　Rearrange the Characters Below to Make Good Sentences ////

1. 姐姐　　他　　很　　漂亮　　也
   ①　　　②　　③　　④　　　⑤

   ＿＿＿＿＿＿＿＿＿＿＿。

2. 也　　喝　　咖啡　　常　　我
   ①　　②　　③　　④　　⑤

   ＿＿＿＿＿＿＿＿＿＿＿。

3. 我們　都　也　打　籃球　常　很
   ①　　②　③　④　⑤　⑥　⑦

   ＿＿＿＿＿＿＿＿＿＿＿。

4. 他們　　臺灣菜　　吃　　去　　要　　週末
   ①　　　　②　　　③　　④　　⑤　　⑥

   ＿＿＿＿＿＿＿＿＿＿＿。

5. 我　晚上　不　明天　去　想　游泳
   ①　②　　③　④　　⑤　⑥　⑦

   ＿＿＿＿＿＿＿＿＿＿＿。

第三課

VII.　Write Out in Chinese Characters ////

Listen to the recording and write out the sentences below in Chinese characters. 🎧 03-05

1. Wǒ cháng tīng yīnyuè yě cháng yùndòng.

   ＿＿＿＿＿＿＿＿＿＿＿＿＿＿＿＿＿＿＿。

2. Tā bù xǐhuān kàn diànyǐng.

   ＿＿＿＿＿＿＿＿＿＿＿＿＿＿＿＿＿＿＿。

3. Tāmen dōu xiǎng xué Zhōngwén.

   _____ 。

4. Tā cháng dǎ bàngqiú hàn yóuyǒng.

   _____ 。

5. Wǎnshàng yìqǐ chīfàn, hǎo ma?

   _____ ?

VIII. Complete the Dialogue

1. **A**：_____ ?

   B：週末我想去游泳。

2. **A**：你覺得踢足球好玩嗎？

   B：_____ 。

3. **A**：你想今天還是明天去看電影？

   B：_____ 。

4. **A**：_____ ?

   B：越南菜、日本菜，我都想吃。

5. **A**：我們明天去打籃球，怎麼樣？

   B：_____ 。

IX.　Writing Exercises

A.　Look at the pictures below and complete the paragraph.

爸爸

媽媽

姐姐　　妹妹

我

哥哥

越南菜

這是我的家人。週末我爸爸常＿＿＿＿＿＿＿＿＿＿＿，媽媽喜歡＿＿＿＿

＿＿＿＿＿＿，姐姐喜歡＿＿＿＿＿＿＿＿＿，妹妹＿＿＿＿喜歡＿＿＿

＿＿＿＿＿，我常去＿＿＿＿＿＿＿＿＿，哥哥覺得＿＿＿＿＿＿＿

＿＿＿很好玩。我家人＿＿＿＿喜歡＿＿＿＿＿＿＿＿＿。

第三課

B. Composition (50 characters).

　　寫一篇短文，介紹你自己，也要說有空的時候你常做什麼？週末你常做什麼？ (Please write a short essay about yourself. Talk about what you usually do in your free time and on weekends.)

_____

_____

_____

_____

_____

_____

_____

_____

_____

_____

週	周	辵 stop&go	8	12	週週週週
		业又		zhōu	1207

ノ 刀 月 用 用 用 周 周 ˋ周 ˋ週

˙週 週

週	週	週	週					

末	末	木 tree	1	5	末末末末末末
		口さ		mò	1309

一 二 丰 末 末

末	末	末	末					

第三課

聽 听		耳 ear	16	22	聽 聽 聽 聽 聽
		ㄊㄧㄥ	tīng		303

一 厂 厂 厂 耳 耳 耳 耳 耳

耳 耵 耵 聆 聆 聆 聽 聽 聽 聽

聽 聽

聽	聽	聽	聽						

音 音		音 sound	0	9	音 音 音 音 音 音
		ㄧㄣ	yīn		291

丶 亠 立 立 产 音 音 音

音	音	音	音						

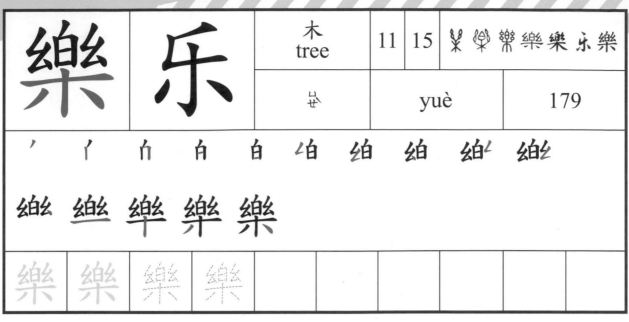

樂	乐	木 tree	11	15	❈ ❈ 樂 樂 樂 乐 樂
		ㄩㄝˋ		yuè	179

丶 ㇒ ㇒ 白 白 伯 纟白 纟白 纟白 纟白

纟白 纟白 樂 樂 樂

樂	樂	樂	樂					

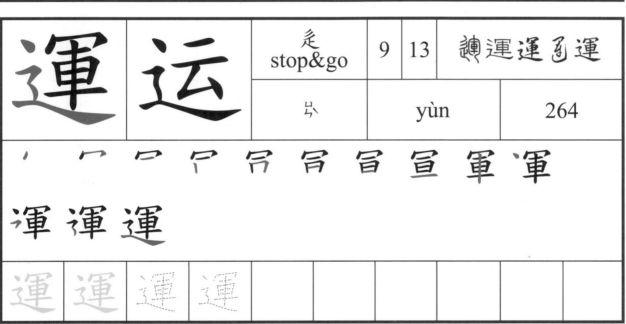

運	运	辵 stop&go	9	13	運 運 運 運 運
		ㄩㄣˋ		yùn	264

丶 ㇐ ㇕ ㇕ ㇕ 㠯 㠯 旨 亘 軍 軍

渾 渾 運

運	運	運	運					

動	动	力 strength	9	11	動 動 動 動
		ㄉㄨㄥˋ		dòng	45

丿 ㇐ 千 千 台 台 盲 重 重 動

動

動	動	動	動					

第三課

打 打			手 hand	2	5	扌 打 打 打 打
			ㄉㄚ		dǎ		249

一 十 扌 扩 打

打 打 打 打

網 网			糸 silk	8	14	網 網 網 网 網
			ㄨㄤ		wǎng		1259

ㄥ ㄠ ㄠ ㄠ ㄠ ㄠ ㄠ 紀 紐 納 網

網 網 網 網

網 網 網 網

球 球			玉 jade	7	11	球 球 球 球 球
			ㄑㄧㄡ		qiú		240

一 二 三 干 王 王 玎 玗 玎 玎 球

球

球 球 球 球

棒 棒	木 tree	8	12	棒棒棒棒
	ㄅㄤˋ		bàng	976

一 十 才 才 村 村 杆 桂 桂 桂

棒 棒

棒	棒	棒	棒				

和 和	口 mouth	5	8	咊 咊 和 和 和 和
	ㄏㄢˋ		hàn	133

一 二 千 千 禾 禾 和 和

和	和	和	和				

游 游	水 water	9	12	游 游 游 游 游 游
	ㄧㄡˊ		yóu	995

丶 丶 氵 氵 氵 汸 汸 汸 汸 游

游 游

游	游	游	游				

泳 泳	水 water	5	8	泳 泳 泳 泳 泳
	ㄩㄥˇ		yǒng	1618

丶 丶 氵 氵 汀 汈 汯 泳

| 泳 | 泳 | 泳 | 泳 | | |

常 常	巾 napkin	8	11	常 常 常 常
	ㄔㄤˊ		cháng	146

丨 冂 刂 丷 炏 凼 尚 告 常 常
常

| 常 | 常 | 常 | 常 | | |

籃 籃	竹 bamboo	14	20	籃 籃 籃 籃 籃
	ㄌㄢˊ		lán	1718

丿 广 灯 灯 竹 竹 竺 竺 筌
筌 箅 篮 篮 篮 篮 箆 籃 籃 籃

| 籃 | 籃 | 籃 | 籃 | | |

也 也	乙 bent	2	3	也也也や也
	ㄧㄝˇ		yě	66

フ也也

也　也　也　也

踢 踢	足 foot	8	15	踢踢踢踢
	ㄊㄧ		tī	2241

丶丨ㄇ�口ㄖ早早足足 趵 趵 趵
趵 趵 踢 踢 踢

踢　踢　踢　踢

足 足	足 foot	0	7	足足足足足足
	ㄗㄨˊ		zú	464

丶丨ㄇ�口早早足足

足　足　足　足

覺 觉		見 see	13	20	覺 覺 覺 覺 覺
		ㄐㄩㄝ		júe	243

ㄥ ㄟ ㄓ ㄓ ㄟ ㄟ ㄟ ㄟ 臼 臼

臼 臼 與 學 學 學 臾 臾 覺 覺

覺	覺	覺	覺		

得 得		彳 to pace	8	11	得 得 得 得 得 得 得
		ㄉㄜ		de	38

ㄥ ㄥ 彳 彳 彳 彳 彳 彳 得 得

得

得	得	得	得		

玩 玩		玉 jade	4	8	玩 玩 玩 玩 玩
		ㄨㄢ		wán	631

一 二 干 王 王 玡 玩 玩

玩	玩	玩	玩		

天	天	大 big	1	4	🔣 🔣 🔣 天 天 乁 天		
		ㄊㄧㄢ	tiān		33		
一 二 干 天								
天	天	天	天					

早	早	日 sun	2	6	🔣 早 早 🔣 早		
		ㄗㄠˇ	zǎo		440		
丶 冂 日 日 旦 早								
早	早	早	早					

上	上	一 one	2	3	二 二 🔣 上 上 上 上		
		ㄕㄤˋ	shàng		17		
丨 卜 上								
上	上	上	上					

去去			ㄙ private	3	5	㳒 㐱 㐱 去 去 㐱 去
			ㄑㄩˋ		qù	53

一 十 土 去 去

| 去 | 去 | 去 | 去 | | | | | | |

怎怎			心 heart	5	9	怎 怎 怎 怎
			ㄗㄣˇ		zěn	325

ノ ノ 仁 乍 乍 乍 乍 怎 怎 怎

| 怎 | 怎 | 怎 | 怎 | | | | | | |

樣样			木 tree	11	15	樣 樣 樣 樣 樣
			ㄧㄤˋ		yàng	113

一 十 才 木 木 样 样 样 样 样
样 样 样 样 样

| 樣 | 樣 | 樣 | 樣 | | | | | | |

啊 啊		口 mouth	8	11	啊啊啊啊
		ㄚ		a	880
ˋ 丨 口 口 吖 吖 吖 吖 啊 啊 啊					
啊	啊	啊	啊		

做 做		人 person	9	11	做做做做
		ㄗㄨㄛˋ		zuò	259
ノ ノ 亻 亻 什 什 估 估 估 做 做 做					
做	做	做	做		

白 白		白 white	0	5	白白白白白白
		ㄅㄞˊ		bái	222
ノ 亻 白 白 白					
白	白	白	白		

如	如	女 female	3	6	如 如 如 如 如 如
		ㄖㄨˊ		rú	62

ㄑ ㄅ 女 女 如 如

如	如	如	如						

玉	玉	玉 jade	0	5	玉 王 玉 玉 玉 玉
		ㄩˋ		yù	992

一 二 干 王 玉

玉	玉	玉	玉						

今	今	人 person	2	4	今 今 今 今 今 今
		ㄐㄧㄣ		jīn	211

ㄊ 人 人 今

今	今	今	今						

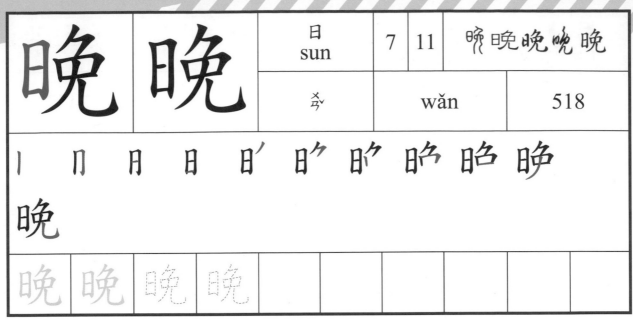

		日 sun	7	11	晚 晚 **晚** 晚 晚
		ㄨㄢˇ		wǎn		518

丨 冂 日 日 日ˊ 日ノ 日ㇰ 昖 昒 晚

晚

晚 晚 晚 晚

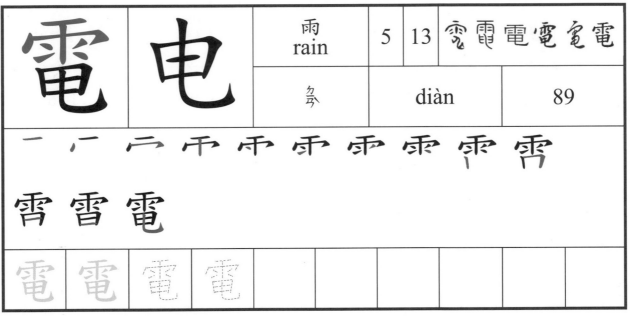

		雨 rain	5	13	電 電 電 電 電 電
		ㄉㄧㄢˋ		diàn		89

一 厂 戸 戸 雨 雨 雷 雷 雷 雷 雷

雷 雷 電

電 電 電 電

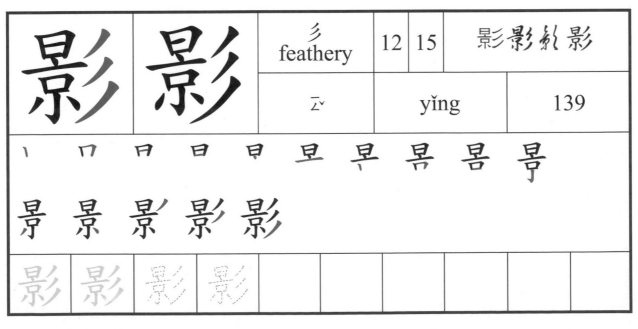

		彡 feathery	12	15	影 影 影 影
		ㄧㄥˇ		yǐng		139

丶 冂 日 日 旦 早 昌 昌 景

景 景 影 影 影

影 影 影 影

| 妳 妳 | 女 female | 5 | 8 | 妳 妳 妳 妳 |
| | ㄋ一ˇ | | nǐ | 2437 |

ㄑ ㄑ ㄑ 女 女 妳 妳 妳

| 妳 | 妳 | 妳 | 妳 | | | | | | |

| 想 想 | 心 heart | 9 | 13 | 想 想 想 想 想 |
| | ㄒ一ㄤˇ | | xiǎng | 118 |

一 十 才 木 机 机 相 相 相

想 想 想

| 想 | 想 | 想 | 想 | | | | | | |

| 還 还 | 辵 stop&go | 13 | 17 | 還 還 還 還 還 |
| | ㄏㄞˊ | | hái | 162 |

丶 丨 丿 罒 罒 罒 罒 罒 罒 罒

罒 罘 睘 睘 還 還 還

| 還 | 還 | 還 | 還 | | | | | | |

吧吧	口 mouth	4	7	吧吧吧吧
	ㄅㄚ		ba	780

丨　丨冂　口　叭　叭　叭　吧

吧	吧	吧	吧						

可可	口 mouth	2	5	可可可可可可
	ㄎㄜ		kě	25

一　一　一　一　可

可	可	可	可						

以以	人 person	3	5	以以以以以以
	ㄧ		yǐ	23

丨　丨　以　以　以

以	以	以	以						

學 学		子 child	13	16	𦥑 𦥯 學 學 學 學
		ㄒㄩㄝ		xué	24

ノ ⺊ ⺣ ⺣ ⺣ 爻 爻 爻 斍 斍

斍 斍 與 學 學 學

學	學	學	學						

吃 吃		口 mouth	3	6	吃 吃 吃 吃 吃
		ㄔ		chī	359

丨 冂 口 口 吃 吃

吃	吃	吃	吃						

飯 饭		食 eat	4	12	飯 飯 飯 飯 飯 飯
		ㄈㄢ		fàn	736

ノ 𠆢 𠆢 ⻊ 今 今 今 食 食 食 飣

飯 飯

飯	飯	飯	飯						

菜 菜		艸 grass	8	12	菜 菜 菜 菜 菜
		ㄘㄞ		cài		849

丶 十 十一 南 芖 芖 芖 苂 苂 苹

苹 菜

菜	菜	菜	菜						

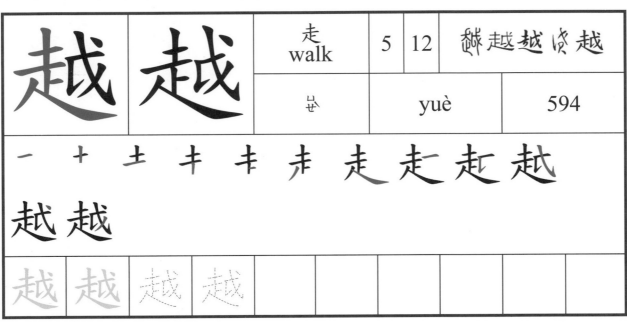

越 越		走 walk	5	12	越 越 越 越 越
		ㄩㄝ		yuè		594

一 十 土 キ キ 走 走 走 赵 越

越 越

越	越	越	越						

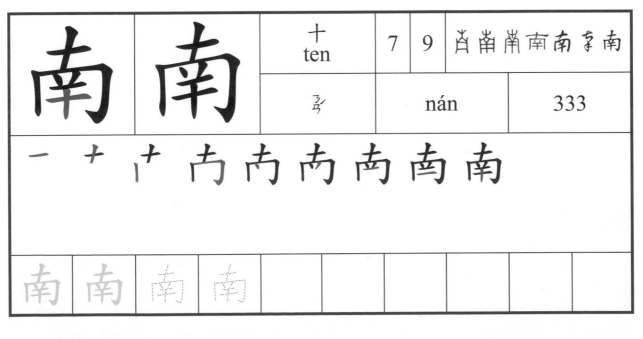

南 南		十 ten	7	9	南 南 南 南 南 南
		ㄋㄢˊ		nán		333

一 十 十 内 内 南 南 南 南

南	南	南	南						

LESSON 4

請問一共多少錢？

Excuse Me. How Much Does That Cost in Total?

I.　Differentiating Tones

Listen to the recording and place the correct tone marks over the pinyin.

🎧 04-01

1. 一杯 ( ) y**i** bēi	2. 一共 ( ) y**i**gòng	3. 多少 ( ) duō**sha**o	4. 上網 ( ) shàng**wang**
5. 外帶 ( ) **wai**dài	6. 照相 ( ) **zha**oxiàng	7. 兩塊 ( ) **liang** kuài	8. 內用 ( ) nèi**yong**
9. 微波 ( ) **wei**bō	10. 二十塊 ( ) èr**shi** kuài		

II.　Listen and Respond

A. Listen for the hints and answer the questions below. 🎧 04-02

(　　) 1. a. 小的　　　　　　b. 大的

(　　) 2. a. 內用　　　　　　b. 外帶

(　　) 3. a. 貴的　　　　　　b. 便宜的

(　　) 4. a. 熱的　　　　　　b. 不熱的

(　　) 5. a. 能照相　　　　　b. 能上網

第四課

81

B. How many would you like? Please place the appropriate numbers in the corresponding boxes. 🎧 04-03

我要買	包子（個）	烏龍茶（杯）	咖啡（杯）	一共多少錢
回答 answer				

C. Listen to the dialogue. Place a ◯ if the statement is true or an ✕ if the statement is false. 🎧 04-04

( )　1. 安同不喜歡喝熱咖啡。

( )　2. 兩杯咖啡一共 58 塊錢。

( )　3. 這兩杯咖啡都是大的。

( )　4. 咖啡小的一杯 30 塊錢。

III. Create Dialogue Pairs

Match the sentences in the column on the left with the appropriate sentences from the column on the right.

( )　1. 你喝幾杯咖啡？　　　(A) 一萬多。

( )　2. 這支手機能不能上網？　(B) 一杯多。

( )　3. 這個包子不熱。　　　(C) 好的。

( )　4. 請幫我微波。　　　　(D) 新的。

( )　5. 你喜歡新手機還是舊手機？　(E) 不能。

( )　6. 你要內用還是外帶？　(F) 不好看，也太貴了。

（　　　）7. 一支手機多少錢？　　　　（G）外帶。

（　　　）8. 那支新手機怎麼樣？　　　（H）我幫你微波。

IV. Fill in the blanks

A. Fill in the blanks using the words provided.

> a. 塊　　b. 杯　　c. 喝　　d. 吃　　e. 個　　f. 支

我和媽媽都很喜歡_____臺灣的包子。我喜歡_____熱咖啡，可是媽媽喜歡_____烏龍茶。明天早上我想買十_____包子，也要買一_____熱咖啡和一_____大的烏龍茶。都要外帶。

B. What do you think about these two cell phones below?

1. 這種手機能_____，
　　不能_____。

2. 這種手機能_____，
　　也能_____。

A：你覺得這支手機好不好？

A：你覺得這支手機貴不貴？

B：我覺得這支手機_____。

B：我覺得這支手機_____。

V. Rearrange the Characters Below to Make Good Sentences

1. 手機　　我　　太舊了　　支　　這
　　① 　　② 　　③ 　　　④ 　　⑤ 　　　　　　　　_____ 。

2. 能照相　　能上網　　手機　　這種　　也
　　① 　　　② 　　　③ 　　④ 　　⑤ 　　　　　　_____ 。

3. 微波　　幫　　請　　我
　　① 　　② 　　③ 　　④ 　　　　　　　　　　　_____ 。

4. 我　　新　　買　　一支　　想　　手機
　　① 　　② 　　③ 　　④ 　　⑤ 　　⑥ 　　　　_____ 。

5. 那　　上網　　支　　不　　能　　手機
　　① 　　② 　　③ 　　④ 　　⑤ 　　⑥ 　　　　_____ 。

VI. Write Out in Chinese Characters

Listen to the recording and write out the sentences below in Chinese characters. 🎧 04-05

1. Kāfēi yě qǐng bāng wǒ wéibō.

　　_____ 。

2. Qǐngwèn zhè liǎng ge bāozi yào wàidài háishì nèiyòng?

　　_____ ?

3. Yì bēi kāfēi, sān ge bāozi, yígòng duōshǎo qián?

　　_____ ?

4. Wǒ gēge xiǎng mǎi yì zhī xīn shǒujī.

_____ 。

5. Tā nà zhī shǒujī tài jiù le.

_____ 。

VII. Complete the Dialogue \\\\\

A. Complete the questions below based on the responses provided.

1. **A**：請問_____？
   B：我要兩杯熱咖啡。

2. **A**：請問你要_____還是_____？
   B：我要外帶。

3. **A**：請問_____？
   B：一共三千九百六十塊錢。

4. **A**：請問_____？
   B：我的手機能照相也能上網。

5. **A**：請問_____？
   B：一個包子賣 20 塊。

第四課

B. The following is a conversation between customer Xiao Wang and a shopkeeper. Complete the dialogue based on the information given.

690 元   960 元

550 元   505 元

小王：我想買一個籃球，請問，一個
　　　多少錢？

老闆：＿＿＿＿＿＿＿＿＿＿＿＿。

小王：太貴了。

老闆：好，＿＿＿＿＿＿＿＿。（550）

VIII. Composition

Write a paragraph explaining what you can order with NT$80 based on the following pictures.

我有八十塊錢可以買…

35 元

40 元

一個 15 塊錢

_____

_____

_____

_____

_____

共 共		八 eight	4	6	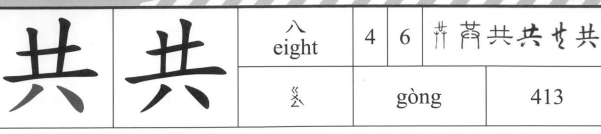 丼 荋 共 共 屯 共
		ㄍㄨㄥˋ		gòng	413

一 十 廿 共 共 共

共	共	共	共						

少 少		小 small	1	4	小 亣 屮 少 少 屮 少
		ㄕㄠˇ		shǎo	171

丨 丿 小 少

少	少	少	少						

錢 钱		金 metal	8	16	錢 錢 錢 鈔 錢
		ㄑㄧㄢˊ		qián	502

丿 𠂉 𠂉 牟 牟 牟 金 金 金 鈝 鈝 錢 錢 錢 錢 錢

錢	錢	錢	錢						

闆	板	門 door	9	17	闆闆闆闆	
		ㄅㄢˇ		bǎn		1453

丨 丨 尸 尸 尸 門 門 門 門 問
問 問 問 問 問 問 闆 闆

闆	闆	闆	闆				

買	买	貝 shell	5	12	買買買買買買買	
		ㄇㄞˇ		mǎi		656

丶 冖 罒 罒 罒 罒 罒 胃 胃 買
買 買

買	買	買	買				

杯	杯	木 tree	4	8	杯杯杯杯	
		ㄅㄟ		bēi		1571

一 十 才 木 朩 杯 杯 杯

杯	杯	杯	杯				

熱 热		火 fire	11	15	熱 熱 热 热
		囚ㄜˋ		rè		411

一 十 土 龶 尹 去 幸 坴 坴ㄟ 執

執 執 執 執 熱

熱	熱	熱	熱						

包 包		ㄅ wrap	3	5	包 包 包 包
		ㄅㄠ		bāo		432

ㄑ ㄅ 勹 勹 包

包	包	包	包						

大 大		大 big	0	3	大 大 大 大 大 大 大
		ㄉㄚˋ		dà		9

一 ナ 大

大	大	大	大						

幫 帮		巾 napkin	14	17	幫 幫 幫 幫
		ㄅㄤ		bāng	759

一 十 土 吉 丰 圭 圭一 封 封 封

封 封 幇 幇 幇 幫 幫

幫	幫	幫	幫					

微 微		彳 to pace	10	13	微 微 微 微 微
		ㄨㄟ		wéi	662

丿 彳 彳 彳 彴 彵 彴 微 微 微

微 微 微

微	微	微	微					

波 波		水 water	5	8	波 波 波 波 波
		ㄅㄛ		bō	796

丶 丶 氵 氵 汐 沪 波 波

波	波	波	波					

百	百	白 white	1	6	
		ㄅㄞˇ	bǎi		509

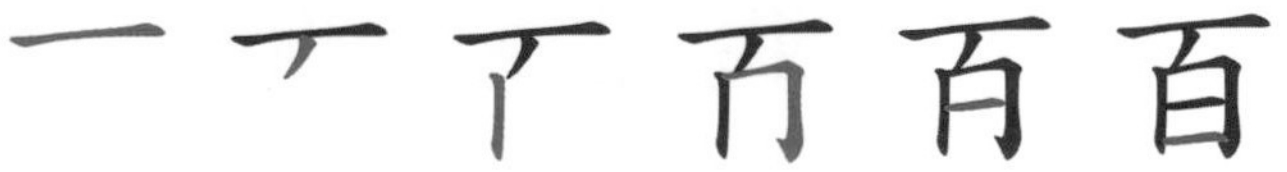

百	百	百	百						

塊	块	土 earth	10	13	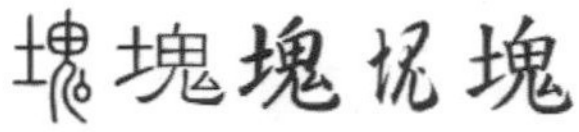
		ㄎㄨㄞˋ	kuài		889

塊	塊	塊	塊						

外	外	夕 sunset	2	5	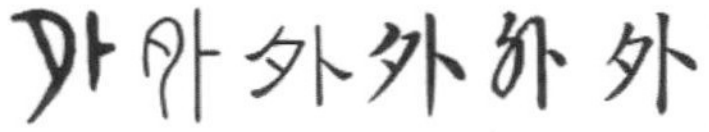
		ㄨㄞˋ	wài		82

外	外	外	外						

第四課

帶	帶	巾 napkin	8	11	帶帶帶帶帶
		ㄉㄞ		dài	348

一 十 卄 世 世 世 卅 卅 带 带

帶

帶	帶	帶	帶						

內	內	入 enter	2	4	內內內內內內內
		ㄋㄟ		nèi	219

丨 冂 冂 內

內	內	內	內						

用	用	用 use	0	5	用用用用用用用
		ㄩㄥ		yòng	73

丿 冂 月 月 用

用	用	用	用						

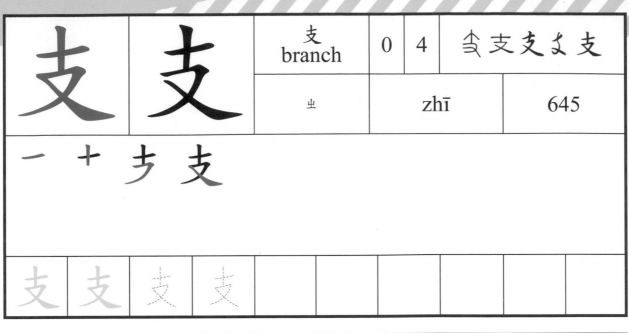

支 branch	0	4	支 支 支 支
ㄓ		zhī	645

一 十 ㄓ 支

支	支	支	支						

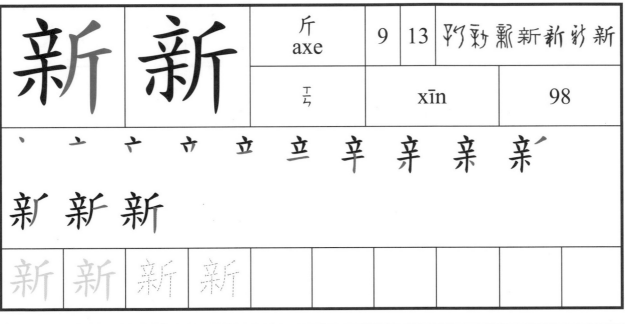

斤 axe	9	13	新 新 新 新 新 新
ㄒㄧㄣ		xīn	98

丶 一 一 六 立 立 辛 辛 亲 亲

亲 新 新

新	新	新	新						

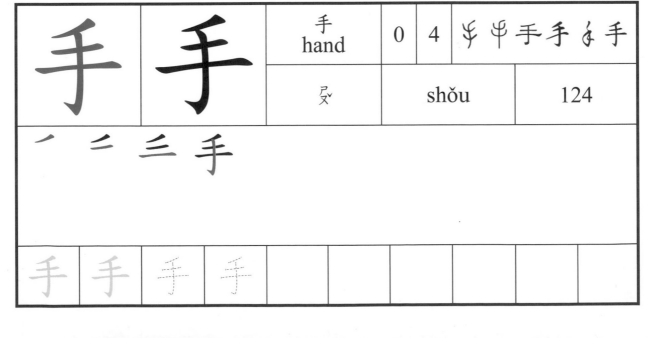

手 hand	0	4	手 手 手 手
ㄕㄡ		shǒu	124

一 二 三 手

手	手	手	手						

機	机	木 tree	12	16	樣機機様機
		ㄐㄧ		jī	144

一 十 才 木 术 杧 桝 栉 機 機
機 桝 機 機 機 機

| 機 | 機 | 機 | 機 | | | | | |

太	太	大 big	1	4	太太右太
		ㄊㄞ		tài	189

一 ナ 大 太

| 太 | 太 | 太 | 太 | | | | | |

舊	旧	臼 a mortar	12	18	舊舊舊舊舊舊
		ㄐㄧㄡ		jiù	789

丶 丨 艹 芒 芢 芢 芢 苲 苲
萑 萑 舊 舊 舊 舊 舊 舊

| 舊 | 舊 | 舊 | 舊 | | | | | |

了 了		↓ hooked	1	2	ㄱ 了 了 了 了
		˙ㄌㄜ		le	8
ㄱ 了					
了 了 了 了					

種 种		禾 grain	9	14	種 種 種 種 種
		ㄓㄨㄥˇ		zhǒng	170
ㄧ 二 千 手 禾 禾 利 利 秆					
秆 秆 種 種					
種 種 種 種					

能 能		肉 meat	6	10	能 能 能 能 能
		ㄋㄥˊ		néng	43
ㄥ ㄥ 下 育 育 育 育 能 能 能					
能 能 能 能					

第四課

95

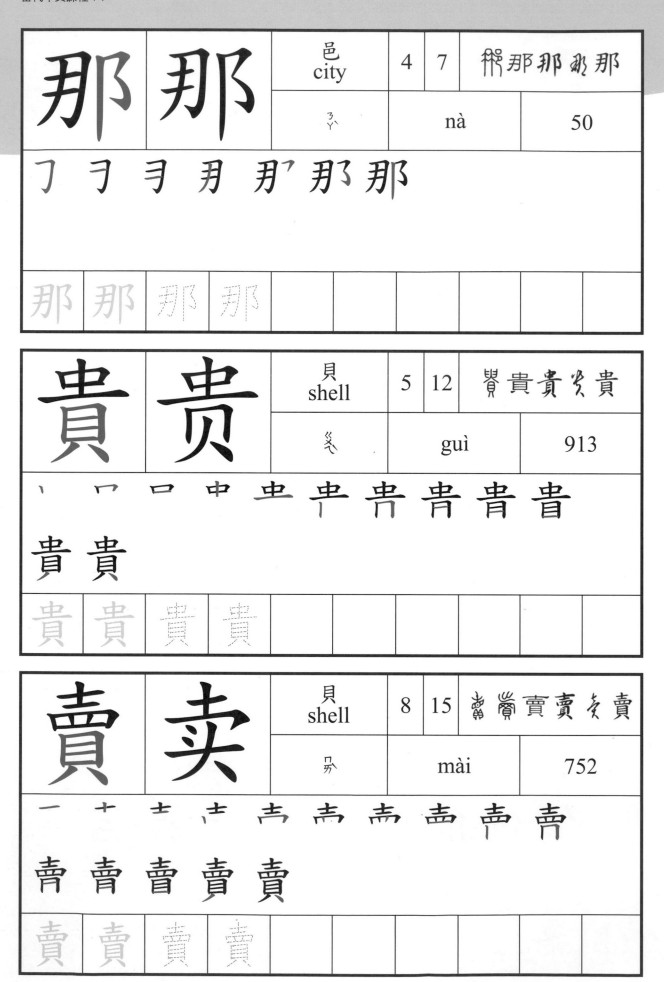

那	那	邑 city	4	7	那那那那
		ㄋㄚˋ		nà		50

丁 弓 弓 尹 那 那 那 那

| 那 | 那 | 那 | 那 | | | |

貴	贵	貝 shell	5	12	貴貴貴貴
		ㄍㄨㄟˋ		guì		913

丶 丨 口 中 虫 虫 贵 昔 青 青

貴 貴

| 貴 | 貴 | 貴 | 貴 | | | |

賣	卖	貝 shell	8	15	賣賣賣賣
		ㄇㄞˋ		mài		752

一 十 士 吉 吉 吉 吉 吉 声 壶

壶 壶 賣 賣 賣

| 賣 | 賣 | 賣 | 賣 | | | |

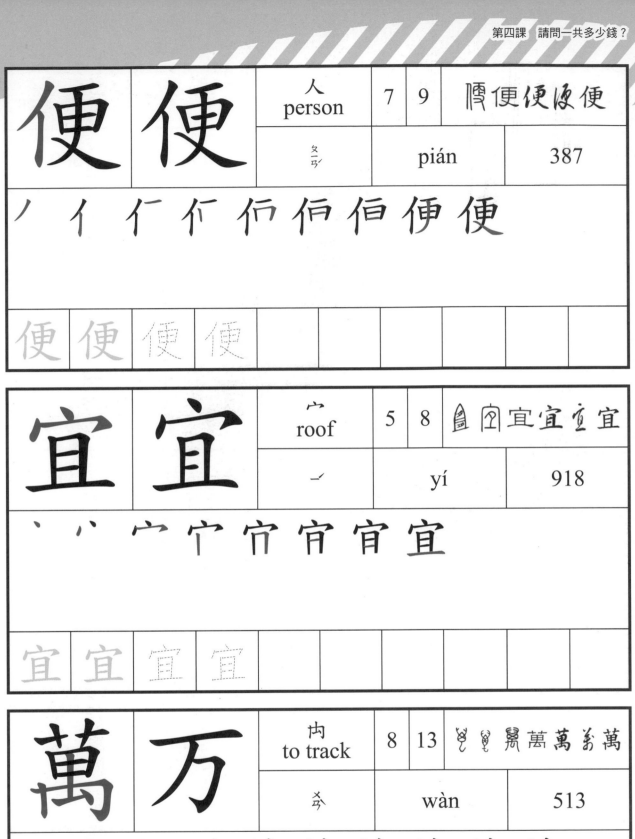

便	便	人 person	7	9	便便便便便
		ㄆㄧㄢˊ		pián	387

ノ　亻　亻　亻　仔　佰　佰　伊　便

便	便	便	便						

宜	宜	宀 roof	5	8	宜宜宜宜
		ㄧˊ		yí	918

、　丶　宀　宀　宁　官　宜

宜	宜	宜	宜						

萬	万	内 to track	8	13	萬萬萬萬
		ㄨㄢˋ		wàn	513

、　十　艹　艹　芍　苫　苗　萬　萬

萬　萬　萬

萬	萬	萬	萬						

第四課

千	千	十 ten	1	3	彳 千 斤 千 千 千 千
		ㄑㄧㄢ		qiān	650

一 二 千

千	千	千	千						

為	为	火 fire	5	9	為 為 為 為 為 為 為
		ㄨㄟ		wèi	32

丶 丿 𠂆 𠂇 𠂌 為 為 為 為 为

為	為	為	為						

牛肉麵真好吃

Beef Noodles Are Really Delicious

I. Differentiating Tones

Listen to the recording and place the correct tone marks over the pinyin.

🎧 05-01

1. 小吃 ( ) ( ) xi**a**och**i**	2. 好喝 ( ) ( ) h**a**oh**e**	3. 有名 ( ) ( ) y**o**um**i**ng	4. 大碗 ( )( ) d**a**w**a**n
5. 餐廳 ( )( ) c**a**nt**i**ng	6. 自己 ( )( ) z**i**j**i**	7. 做飯 ( )( ) zu**o**f**a**n	8. 甜點 ( ) ( ) ti**a**ndi**a**n
9. 教 ( ) ji**a**o	10. 不錯 ( ) ( ) b**u**cu**o**		

II. Listen and Respond

A. Listen for the hints and answer the questions below. 🎧 05-02

(   ) 1. a. 小的   b. 大的

(   ) 2. a. 太辣了   b. 有一點辣

(   ) 3. a. 好吃   b. 不好吃

(   ) 4. a. 很有名   b. 沒有名

(   ) 5. a. 不錯   b. 不好

B. I would like a bowl of beef noodles. Listen to the story and write the answers 1, 2, 3, 4, 5, 6 in the corresponding boxes. 🎧 05-03

> 1. 小碗　2. 大碗　3. 一百二十塊錢　4. 二十塊錢　5. 不要錢
> 6. 一百五十塊錢

問題	我吃大碗還是小碗牛肉麵？	我的牛肉麵多少錢？	茶和牛肉麵一共多少錢？	兩杯茶多少錢？
答案				

C. Listen to the paragraph. Place a ◯ if the statement is true or an ✕ if the statement is false. 🎧 05-04

(　　) 1. 安同和月美常來我家吃晚飯。

(　　) 2. 安同和月美都喜歡來我家吃小吃。

(　　) 3. 安同和月美都不會做飯。

(　　) 4. 安同和月美喜歡聽音樂，也喜歡喝茶，可是他們不喜歡運動。

III. Create Dialogue Pairs

Match the sentences in the column on the left with the appropriate sentences from the column on the right.

(　　) 1. 你會做飯嗎？　　　　　　　(A) 臭豆腐很好吃，可是有一點辣。

(　　) 2. 很多人都說那家餐廳的菜不錯。(B) 不錯。

(　　) 3. 他們說你的足球踢得不錯，
可以教我嗎？

(C) 是啊！我也覺得很好吃。

(　　) 4. 他會做什麼運動？

(D) 謝謝。

(　　) 5. 歡迎你到我家來。

(E) 這麼好喝，我也想喝。

(　　) 6. 你覺得臭豆腐怎麼樣？

(F) 對不起，我踢得不好，
不能教你。

(　　) 7. 他照相照得怎麼樣？

(G) 網球、籃球都會打。

(　　) 8. 這種咖啡很好喝。

(H) 會，可是做得不好。

IV.　Fill in the blanks

**Look at the pictures on the left and answer the question "他到哪裡來 / 去？"
by filling in the blanks with either "來" or "去".**

李先生到美國＿＿＿＿＿＿＿＿＿＿＿＿。

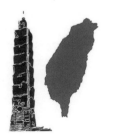

王小姐到臺北 101＿＿＿＿＿＿＿＿＿＿＿＿。

第五課

陳老師到我家＿＿＿＿＿＿＿＿＿＿＿＿＿。

我到那家餐廳＿＿＿＿＿＿＿＿＿＿＿＿＿。

V. Do You Know How?

Look at the pictures below and answer the questions. A √ indicates that you know how to do the activity shown in the picture and an ✕ means you don't .

你會…嗎？	我會／不會…	你 V 得怎麼樣？

VI. Rearrange the Characters Below to Make Good Sentences

1. 他　　我家　　來　　想　　到
　　①　　②　　③　　④　　⑤　　　　　　　　_____。

2. 貴　　小吃　　那家店　　的　　有一點
　　①　　②　　③　　　④　　⑤　　　　　_____。

3. 做　　自己　　我　　牛肉麵　　喜歡
　　①　　②　　③　　④　　　⑤　　　　　_____。

4. 小吃　　很多　　臺灣　　聽說　　有　　有名的
　　①　　②　　③　　④　　⑤　　⑥　　　_____。

5. 好喝　　牛肉　　也　　湯　　好吃
　　①　　②　　③　　④　　⑤　　　　　　　_____。

VII. Write Out in Chinese Characters \\\\

Listen to the recording and write out the sentences below in Chinese characters. 🎧 05-05

1. Wǒmen dōu zhīdào nà jiā yǒumíng de niúròu miàn diàn.

   _____ 。

2. Nǐmen míngtiān yídìng yào diǎn dà wǎn de.

   _____ 。

3. Hěn duō rén dōu shuō Táiwān yǒu bù shǎo yǒumíng de xiǎochī.

   _____ 。

4. Zuótiān wǎnshàng nà jiā cāntīng de cài yǒu yìdiǎn là.

   _____ 。

5. Wǒ hěn xǐhuān zìjǐ zuòfàn.

   _____ 。

VIII. Complete the Dialogue \\\\

1. **A:** _____ ?
   B: 我覺得牛肉麵真好吃。

2. **A:** 請問你要點_____還是_____?
   B: 我要小碗的。

3. **A**：你媽媽做飯做得怎麼樣？

   B：_____。

4. **A**：你的甜點做得怎麼樣？

   B：_____。

5. **A**：請問_____？

   B：會，可是我的牛肉麵做得不好。

IX. **What Can You Buy with NT$200?** \\\\\

200 塊錢能吃什麼？

王開文和弟弟去有朋來小吃店，他們只有兩百塊錢，請問他們兩個人能吃

什麼？喝什麼？

第五課

吃
_____

_____

_____

喝
_____

_____

_____

X. Composition

Complete the paragraph below based on the sentence provided.

我週末和哥哥去士林 (Shilín)，士林有很多小吃。

_____

_____

_____

_____

_____

_____

_____

牛	牛	牛 ox	0	4	¥ ¥ ¥ 牛 牛 牛 牛	
		ㄋㄧㄡˊ			niú	676

ノ ⺦ ⺧ 牛

| 牛 | 牛 | 牛 | 牛 | | | | | |

肉	肉	肉 meat	0	6	⼑ 🄰 肉 肉 肉 肉	
		ㄖㄡˋ			ròu	900

｜ 冂 内 内 肉 肉

| 肉 | 肉 | 肉 | 肉 | | | | | |

麵	面	麥 wheat	9	20	麵 麵 麵 麵	
		ㄇㄧㄢˋ			miàn	1543

一 ⺋ ⺋ ⺋ 來 來 夾 夾 麥

麥 麥 麥 麥 麵 麵 麵 麵 麵

| 麵 | 麵 | 麵 | 麵 | | | | | |

真 真	目 eye	5	10	真真真 真
	ㄓㄣ		zhēn	200

一 十 广 市 市 直 直 直 真 真

真	真	真	真						

說 说	言 speech	7	14	說說说说
	ㄕㄨㄛ		shuō	39

丶 亠 亠 言 言 言 言 言 訫 訫
訫 訫 訫 說

說	說	說	說						

最 最	冂 borders	10	12	最最最 最
	ㄗㄨㄟ		zuì	163

丶 冂 冂 日 旦 旱 昻 昻 冐 冐
最 最

最	最	最	最						

湯 汤		水 water	9	12	汤 湯 湯 湯 湯 湯
		ㄊㄤ		tāng	1558

丶 冫 氵 氵 汀 沪 沪 沪 浔 湯

湯 湯

湯	湯	湯	湯				

知 知		矢 arrow	3	8	知 知 知 知 知
		ㄓ		zhī	123

丿 ㇏ ㇑ ㇏ 矢 矢 知 知 知

知	知	知	知				

道 道		辵 stop&go	9	13	道 道 道 道 道
		ㄉㄠ		dào	81

丶 丷 丷 丷 首 首 首 首 首 首

道 道 道

道	道	道	道				

第五課

店店		广 shelter	5	8	店店店店
		勹ㄢ		diàn	757

丶　亠　广　庐　店　店　店　店

店	店	店	店				

定定		宀 roof	5	8	定定定定
		勹ㄥ		dìng	105

丶　丷　宀　宀　宁　宇　定　定

定	定	定	定				

點点		黑 black	5	17	點點點點
		勹ㄢ		diǎn	168

丶　冂　冂　冈　回　甲　里　里　黑

黑　黑　黑　點　點　點　點

點	點	點	點				

碗碗		石 stone	8	13	碗碗碗碗
		ㄨㄢˇ		wǎn		1538

一 丆 丆 石 石 石ʼ 石ʽ 矿 矿 矿

矿 碗 碗

碗	碗	碗	碗				

籠笼		竹 bamboo	16	22	籠籠籠籠籠
		ㄌㄨㄥˊ		lóng		1622

ノ ⺮ ⺮ ⺮ 竻 竻 竻 竺 竺 竺

竺 竺 箁 箁 箁 篙 箸 籠 籠 籠

籠 籠

籠	籠	籠	籠				

臭	臭	自 self, from	4	10	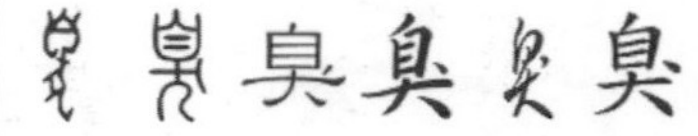
		ㄔㄡˋ	chòu		2161

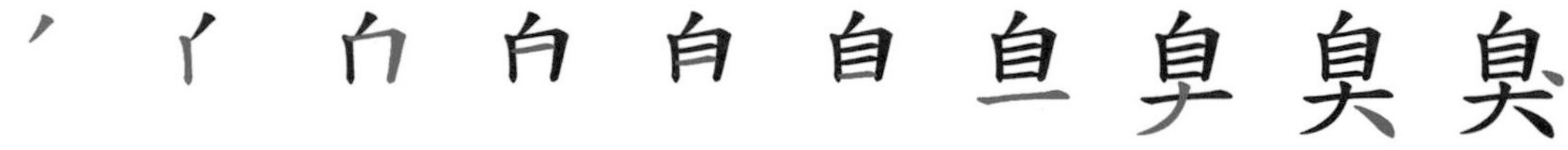

豆	豆	豆 platter	0	7	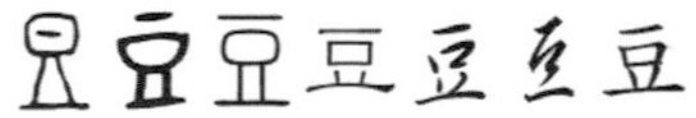
		ㄉㄡˋ	dòu		1040

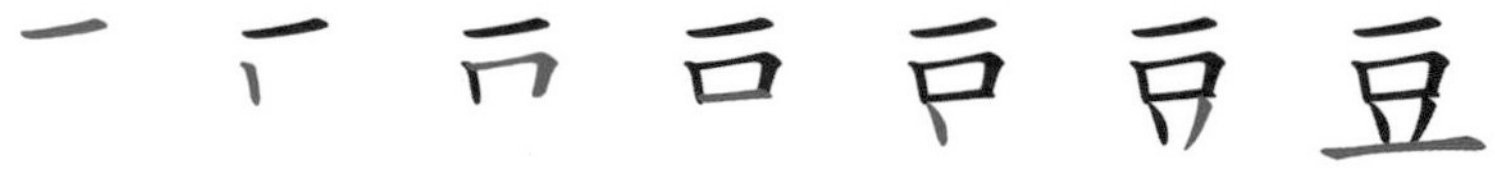

腐腐	肉 meat	8	14	腐腐腐腐腐
	ㄈㄨ		fǔ	1388

、 一 广 广 广 广 府 府 府 府

腐 腐 腐 腐

| 腐 | 腐 | 腐 | 腐 | | | | | | |

昨昨	日 sun	5	9	昨昨昨昨昨
	ㄗㄨㄛˊ		zuó	1276

丨 冂 月 日 日 昨 昨 昨 昨

| 昨 | 昨 | 昨 | 昨 | | | | | | |

餐餐	食 eat	7	16	餐餐餐餐餐
	ㄘㄢ		cān	875

丶 卜 ㅏ 步 歺 歺 歺 歺 歺

歺 歺 餐 餐 餐 餐

| 餐 | 餐 | 餐 | 餐 | | | | | | |

廳	厅	广 shelter	22	25	廳廳廐廳
		ㄊㄧㄥ	tīng		875

丶 亠 广 广 广 庁 庁 庁 庁 庁

庁 庁 庿 庿 廫 廫 廰 廰 廰 廰

廰 廰 廳 廳 廳

廳 廳 廳 廳

辣	辣	辛 bitter	7	14	辣辣辣辣
		ㄌㄚˋ	là		2375

丶 亠 六 立 立 辛 辛 辞 辞

辞 辫 辣 辣

辣 辣 辣 辣

| 怕 怕 | 心 heart | 5 | 8 | 帕帕怕怕怕 |
| | 夊 | pà | | 693 |

ˋ ㄑ ㄐ ㄐˊ ㄍ 怕 怕 怕

| 怕 | 怕 | 怕 | 怕 | | | | | | |

| 所 所 | 戶 household | 4 | 8 | 所所所所所所 |
| | 纟 | suǒ | | 101 |

ˊ ㄏ ㄈ ㄈ ㄈˊ ㄈ 所 所

| 所 | 所 | 所 | 所 | | | | | | |

| 自 自 | 自 self, from | 0 | 6 | 自自自自自自 |
| | ㄗ | zì | | 26 |

ˊ ㄑ ㄇ 自 自 自

| 自 | 自 | 自 | 自 | | | | | | |

己	己	己 self	0	3	己 己 己 己 己 己
		ㄐㄧˇ		jǐ	142

フ コ 己

| 己 | 己 | 己 | 己 | | | | | |

會	会	曰 speak	9	13	會 會 會 會 會 會 會
		ㄏㄨㄟˋ		huì	28

ノ 入 亼 今 合 合 命 命 會 會
會 會 會

| 會 | 會 | 會 | 會 | | | | | |

甜	甜	甘 sweet	6	11	甜 甜 甜 甜 甜
		ㄊㄧㄢˊ		tián	1574

一 二 干 千 舌 舌 舌 甜 甜 甜
甜

| 甜 | 甜 | 甜 | 甜 | | | | | |

錯錯		金 metal	8	16	錯 錯 **錯** **錯** 錯
		ㄘㄨㄛˋ		cuò		718

丿 𠂉 𠂉 𠂉 午 年 金 金 釒 釒

釒 釒 錯 錯 錯 錯

錯	錯	錯	錯				

教教		攵 tap	7	11	教 教 教 教 教 教
		ㄐㄧㄠ		jiāo		97

一 十 土 耂 耂 孝 孝 孝 孝 教

教

教	教	教	教				

到到		刀 knife	6	8	到 到 到 到
		ㄉㄠˋ		dào		31

一 厂 工 云 至 至 到 到

到	到	到	到				

第五課

拼音	正體	簡體	課	拼音	正體	簡體	課	拼音	正體	簡體	課
niǔ	紐	纽	14	shì	室	室	6	wān	灣	湾	1
nǚ	女	女	9	shí	時	时	7	wán	玩	玩	3
P				shǐ	始	始	7	wǎn	晚	晚	3
pà	怕	怕	5	shì	事	事	7	wàn	萬	万	4
pāi	拍	拍	10	shì	視	视	9	wǎn	碗	碗	5
páng	旁	旁	6	shì	市	市	9	wáng	王	王	1
péi	陪	陪	15	shì	試	试	12	wǎng	網	网	3
péng	朋	朋	6	shī	濕	湿	14	wǎng	往	往	10
piàn	片	片	2	shǒu	手	手	4	wàng	望	望	12
pián	便	便	4	shōu	收	收	11	wàng	忘	忘	13
piào	漂	漂	2	shū	書	书	2	wéi	微	微	4
piào	票	票	8	shù	束	束	7	wèi	為	为	4
Q				shū	舒	舒	8	wéi	喂	喂	11
qì	氣	气	1	shuǐ	水	水	10	wèi	胃	胃	15
qǐ	起	起	1	shuì	睡	睡	15	wén	文	文	1
qí	騎	骑	8	shuō	說	说	5	wèn	問	问	1
qì	汽	汽	8	sī	思	思	7	wén	聞	闻	14
qí	期	期	9	sī	司	司	12	wǒ	我	我	1
qì	器	器	11	sù	宿	宿	6	wū	烏	乌	1
qián	錢	钱	4	suàn	算	算	9	wǔ	五	五	2
qiān	千	千	4	suǒ	所	所	5	wǔ	午	午	7
qián	前	前	6	**T**				wù	物	物	8
qǐng	請	请	1	tā	他	他	1	**X**			
qīng	輕	轻	13	tā	她	她	9	xǐ	喜	喜	1
qiú	球	球	3	tái	臺	台	1	xí	習	习	11
qiū	秋	秋	14	tài	太	太	4	xì	係	系	11
qù	去	去	3	tái	颱	台	14	xī	希	希	12
R				tāng	湯	汤	5	xí	息	息	15
rán	然	然	13	tào	套	套	11	xī	西	西	6
rè	熱	热	4	tǎo	討	讨	14	xià	下	下	6
rén	人	人	1	tè	特	特	9	xià	夏	夏	14
rì	日	日	1	tī	踢	踢	3	xiān	先	先	1
ròu	肉	肉	5	tí	題	题	7	xiàn	現	现	6
rú	如	如	3	tì	替	替	12	xiàn	線	线	11
S				tián	田	田	2	xiǎn	險	险	15
sài	賽	赛	7	tiān	天	天	3	xiàng	相	相	2
sǎn	傘	伞	14	tián	甜	甜	5	xiǎng	想	想	3
sè	色	色	10	tiě	鐵	铁	8	xiāng	香	香	10
shān	山	山	6	tīng	聽	听	3	xiàng	像	像	11
shàng	上	上	3	tīng	廳	厅	5	xiǎo	小	小	1
shāng	商	商	6	tíng	停	停	14	xiào	校	校	6
shǎo	少	少	4	tóng	同	同	2	xiào	笑	笑	10
shāo	燒	烧	15	tǒng	統	统	13	xiè	謝	谢	1
shén	什	什	1	tòng	痛	痛	15	xiě	寫	写	7
shè	舍	舍	6	tóu	頭	头	8	xiē	些	些	10
shéi	誰	谁	2	tú	圖	图	6	xīn	新	新	4
shēng	生	生	1	tù	吐	吐	15	xīn	心	心	10
shì	是	是	1	**W**				xìng	姓	姓	1
shī	師	师	2	wài	外	外	4	xíng	行	行	8

Linking Chinese

當代中文課程　作業本與漢字練習簿 1-1（二版）

策　　劃	國立臺灣師範大學國語教學中心	發 行 人	林載爵
主　　編	鄧守信	社　　長	羅國俊
顧　　問	Claudia Ross、白建華、陳雅芬	總 經 理	陳芝宇
審　　查	姚道中、葉德明、劉珣	總 編 輯	涂豐恩
編寫教師	王佩卿、陳慶華、黃桂英	副總編輯	陳逸華
出 版 者	聯經出版事業股份有限公司		
英文審查	李櫻、畢永峨		

執行編輯	張莉萍、張雯雯、張黛琪、蔡如珮	叢書編輯	賴祖兒
英文翻譯	范大龍、張克微、蔣宜臻、龍潔玉	地　　址	新北市汐止區大同路一段 369 號 1 樓
校　　對	張莉萍、張雯雯、張黛琪、蔡如珮、	聯絡電話	(02)8692-5588 轉 5305
	李芃、鄭秀娟	郵政劃撥	帳戶第 0100559-3 號
編輯助理	許雅晴、喬愛淳	郵撥電話	(02)23620308
技術支援	李昆璟	印 刷 者	文聯彩色製版印刷有限公司
插　　畫	何慎修、張榮傑、黃奕穎	2021 年 10 月初版・2024 年 7 月初版第十刷
封面設計	Lady Gugu	版權所有・翻印必究
內文排版	洪伊珊	Printed in Taiwan.
錄　　音	李世揚、馬君珮、Michael Tennant	ISBN　　978-957-08-5974-4 (平裝)
錄音後製	純粹錄音後製公司	GPN　　1011001469
		定　　價　　300 元

著作財產權人　國立臺灣師範大學
地址：臺北市和平東路一段 162 號
電話：886-2-7749-5130
網址：http://mtc.ntnu.edu.tw/
E-mail：mtcbook613@gmail.com

國家圖書館出版品預行編目資料

當代中文課程 作業本與漢字練習簿1-1（二版）/
國立臺灣師範大學國語教學中心策劃．鄧守信主編．初版．新北市．
聯經．2021年10月．124面．21×28公分（Linking Chiese）
ISBN　978-957-08-5974-4（平裝）
[2024年7月初版第十刷]

　1.漢語　2.讀本

802.86　　　　　　　　　　　　　　　　　110013287